LA
CORBEILLE
DE MARIAGE

RÉPERTOIRE

des plus jolies Romances, Chansons et Chansonnettes nouvelles

COMPOSÉES PAR NOS MEILLEURS AUTEURS

POUR MARIAGES, BAPTÊMES ET FÊTES.

PARIS

LIBRAIRIE SPÉCIALE DE CHANT ET MAGASIN DE MUSIQUE

DE L. VIEILLOT, ÉDITEUR

des Œuvres choisies de

MM. Fr. Bérat, L. Clapisson, Ch. Colmance, J. Couplet.
J. Darcier, V. Didier, Ed. Donvé, L. Festeau,
Ch. Gille, Mahiet de la Chesneraye, Gustave
Nadaud et de Henri Nadot.

32, rue Notre-Dame-de-Nazareth.

(Tous droits réservés.)

1861

EN VENTE

CHEZ LE MÊME ÉDITEUR :

Le Banquet de la Vie, recueil de chansons pour Mariages, Baptêmes et Fêtes, par Victor DRAPPIER.

Un joli petit volume in-12 de 48 pages.—Prix : 50 centimes.

Recueil de Chansons et Chansonnettes pour Mariages, Baptêmes, etc.. par les Auteurs les plus en vogue et sur les airs nouveaux les plus jolis.

Brochure in-12 de 24 pages.— Prix : 30 centimes.

La Muse du Bonheur, choix de Romances et Chansons nouvelles pour Mariages, Baptêmes et jours de Fêtes, par les Auteurs les plus en vogue et sur les airs nouveaux les plus jolis.

Brochure in-12 de 24 pages.— Prix : 30 centimes.

Album de couplets de Mariage, composés par MM. Hippolyte DEMANET et DALÈS aîné.

Brochure in-12 de 24 pages.— Prix : 30 centimes.

SOUS PRESSE

Pour paraître prochainement :

La Corbeille de Mariage, recueil le plus complet des plus jolies Romances, Mélodies, Chansons et Chansonnettes, composées par nos célébrités contemporaines, pour toutes les circonstances de la vie.

Un très-fort volume in-32, édition diamant de 320 pages environ. — Prix : 2 francs.

Paris. — Imp. G.-A. Pinard, 9, cour des Miracles.

LA CORBEILLE DE MARIAGE

Grand Air chanté par Mme GAVEAUX-SABATIER.

Paroles de M. Hippolyte GUÉRIN. — Musique de L. CLAPISSON.

La musique se trouve chez L. VIEILLOT, *éditeur,*
32, rue Notre-Dame-de-Nazareth.

Les voilà, mais en vain, ces trésors tant rêvés
　　Par nos désirs de jeune fille!
Je suis seule... ils sont là. Mon cœur bat.... mon œil brille,
Et mes regards sur eux ne se sont pas levés!
Cette glace pourtant et m'invite et m'appelle...
　　Oh! la flatteuse, au magique pouvoir,
　　Qui me dit que pour être belle,
　　Vraiment, je n'aurais qu'à vouloir.

　　Après tout, sur cette corbeille
　　Pourquoi n'oser porter la main?
　　Aucun fâcheux ne me surveille,
　　Et quel mal d'essayer la veille　⎫
　　Ce qui doit m'embellir demain?　⎬ *(bis.)*
　　Hélas! oui, sur cette corbeille
　　Pourquoi n'oser porter la main?
　　Aucun fâcheux ne me surveille,
　　Et quel mal d'essayer la veille
　　Ce qui doit m'embellir demain.

　　　Ah!
　　Blanc cachemire,
　　Qu'ici j'admire,
Drapez-moi de vos plis charmants! *(bis)*.
　　Riches et frêles,
　　Flottez dentelles,

Plumes et fleurs, doux talismans ! (*bis*).
  Ecrins de moire,
  Coffrets d'ivoire,
emez sur moi vos diamans ! } *bis.*

    Ah !
  Blanc cachemire,
  Qu'ici j'admire
Drapez-moi de vos plis charmans ! (*bis*).
  Ecrins de moire,
  Coffrets d'ivoire,
Semez sur moi vos diamans ! (*bis*).

Mais belle ainsi, ce ne sera plus moi,
Moi la candide et simple jeune fille !...
Plairais-je belle à qui m'aime gentille ?
Ce doute affreux me met tout en émoi !
Non, belle ainsi, ce ne sera plus moi,
Moi la candide et simple jeune fille !...,
Ce doute affreux me met tout en émoi !.. (*bis*).
  Et cependant, malgré cela,
  D'où vient la voix qui redit là : (*bis*).

  Blanc cachemire,
  Qu'ici j'admire,
Drapez-moi de vos plis charmans ! (*bis*).
Ah ! plus de doute et chassons tout effroi !
Comme en nos jours de simple jeune fille,
Je plairai belle à qui j'ai plu gentille ;
Car pour l'aimer je serai toujours moi !
  Oui, pour l'aimer, je serai toujours moi !
  Je serai toujours moi ! (*ter*).

SOUS LES REGARDS DE DIEU.

ROMANCE POUR LA MÈRE DE LA MARIÉE.

Paroles de M. Marc Constantin. — Musique d'Ed. Laveissière.
La musique chez L. Vieillot, 32, r N.-D. de-Nazareth.

Air : *Réponds-moi Paquerette,* ou : *Retour en France,*
ou : *Allez cueillir des Bluets dans les blés.*

C'est aujourd'hui qu'à l'autel consacrée,
Tu vas entrer dans un monde nouveau !
Ange charmant de nous tous admirée,
Pour toi l'hymen allume son flambeau !
Tu n'iras plus près de ta mère
Quand vient le soir lui dire adieu
Mais ton bonheur grandira sur la terre,
Il grandira sous les regards de Dieu !
Oui ton bonheur grandira sur la terre
Il grandira sous les regards de Dieu !

Ici reçois, ô gentille épousée,
Tous nos souhaits pour ton destin futur ;
Lorsque l'on s'aime, oh ! la vie est aisée,
Et l'avenir est toujours calme et pur !
Puis tes amis dans leur prière
T'accompagneront de leurs vœux,
Et ton bonheur grandira sur la terre,
Il grandira, sous les regards de Dieu ! } *(bis).*

Près d'un époux qui t'aime avec ivresse
Le temps fuira sans t'en appercevoir !
Entoure-le, de soins et de tendresse,
C'est un plaisir et non pas un devoir !
Si plus tard le ciel t'est prospère,
A tes enfants blonds et joyeux !
Tu rediras ce que t'a dit ta mère,
En grandissant sous les regards de Dieu !
Et protégés par l'amour de leur mère,
Ils grandiront sous les regards de Dieu !

JE SUIS LE MAITRE.

CHANSON POUR LE MARIÉ.
Paroles et Musique de Mme Amélie PERRONNET.
La musique chez M. PETIT, 50, galerie Montpensier, Palais-Royal

Vous m'avez cruelle
Fait pendant trop longtemps la loi
Aujourd'hui ma belle
C'est mon tour à moi.
J'étais votre très-humble esclave,
Vous commandiez en vrai tyran,
Mais de ce jour assurément
De par la loi je serai brave,
De rigueur je saurai m'armer
Quand l'hymen vient me le permettre ;
Dès aujourd'hui je suis le maître !...
Le maître de me faire aimer.

Vous étiez sévère,
Vous me traitiez avec rigueur
Et dans le mystère
Soupirait mon cœur.
Un mot, un geste, une parole,
Bien loin de moi vous faisaient fuir
Vous me tourmentiez à plaisir ;
Il vous faudra changer de rôle,
De fermeté, je vais m'armer
Et vous devez le reconnaître
Dès aujourd'hui je suis le maître,
Oui, le maître de vous aimer.

Je craignais sans cesse
De vous déplaire malgré moi,
Pour vous ma tendresse
Tournait en effroi.
De ce jour j'en ai l'espérance,
J'exerce mon autorité ;

Si je vous dois fidélité,
Vous me devez obéissance.
Je vous l'annonce sans détours,
Vous apprendrez à me connaître
Dès aujourd'hui je suis le maître,
De vous rendre heureuse toujours.

LA MARIÉE

Paroles de M. Pierre FRÉDÉRIC. — Musique de M. E. BOURGEOIS.
La musique chez M. TONDU, 24, *rue Bourbon-Villeneuve.*

En n'écoutant que la raison,
Sur moi l'amour n'eut point d'empire,
Mais en ce jour si je soupire
Mon serment n'est plus de saison,
Cent objets voulurent me plaire
Et tour-à-tour m'offraient leur vœux ;
Jamais l'un deux ne fut heureux.   } *(bis.)*
Mon cœur fut sage et sut se taire. }

L'amour ne perd jamais ses droits
Il vient de me rendre sensible,
Et ce cœur tout inaccessible
Est soumis à toutes ses lois.
Un mortel a séduit mon âme
Et même captive mes sens,
Je réponds à ces doux accents,
Par une douce et vive flamme.

Mon cœur cédant à ses transports,
Devient l'objet de sa tendresse
L'hymen couronne notre ivresse ;
Et sourit à nos doux accords.
Reçois mon cœur, ô toi que j'aime,
L'amour nous promet le bonheur.
C'est devant Dieu le créateur
Que j'en fais le serment suprême.

POUR ÊTRE HEUREUX

CHANSON POUR UN INVITÉ.

Paroles et musique de Mme Amélie PERRONNET.

La musique chez L. VIEILLOT, 32, rue N.-D.-de-Nazareth.

Dieu qui créa le doux printemps,
Répartit fort bien toutes choses;
Il fit le parfum pour les roses
Et l'amour pour les jeunes gens.
Vous qu'aujourd'hui sa loi si douce entraîne,
Et dont les cœurs chantent ses mille appas,
Lorsque l'hymen pour vous serre sa chaîne,
    Pour vous serre sa chaîne,
Aimez-vous bien, Dieu ne le défend pas.   *(bis.)*

C'est à l'époux qu'il faut d'abord
Que parle mon expérience,
C'est de lui seul, de sa constance
Que dépend le plus doux accord.
Quand Dieu vous donne épouse jeune et tendre,
Entourez-la de ces soins délicats
Que femme aimable est bien en droit d'attendre,
    Est bien en droit d'attendre,
Soyez galant, Dieu ne le défend pas.   *(bis.)*

Pour qu'amour garde sa fraîcheur,
Jeune femme, il faut en cachette,
Que chaque année à la toilette,
Ajoute un ruban, une fleur.
Ne pas vieillir est un grand savoir faire,
Il faut du temps soutenir les combats;
Se rendre belle à Dieu ne peut déplaire,
    A Dieu ne peut déplaire,
Soyez coquette, il ne le défend pas.   *(bis.)*

Pour combler les tendres souhaits
Des familles qui vous unissent,
Qu'entre vous jamais ne se glissent
Ni les soupçons, ni les secrets.
La confiance est un don qui s'altère,
Gardez-la bien, qu'elle guide vos pas,
Et vous aurez le bonheur sur la terre,
Le bonheur sur la terre ;
Aimez-vous bien, Dieu ne le défend pas.   (bis.)

PENSE A MOI.

MÉLODIE.

Paroles de M. René DE ROVIGO.— Musique de Henri POTIER.

La musique se trouve à Paris, chez MM. HEUGEL et Cᵉ,
2 bis, rue Vivienne.

A l'heure où l'œil humide et le front sur la pierre,
L'ermite adresse au ciel sa dernière prière ;
A l'heure où ton bon ange est seul auprès de toi,
Pense à moi, pense à moi.

Pense à moi, quand des flots qui passent sur les grèves
L'écho doux et lointain vient mourir dans tes rêves,
Quand un songe remplit ton cœur d'un doux émoi,
Pense à moi, pense à moi.

Au réveil, si ton âme embrasse une espérance
Ou si ton front se courbe au vent de la souffrance,
Dans tes jours de bonheur de tristesse ou de foi,
Pense à moi, pense à moi.

LAISSE-MOI PLEURER

ROMANCE POUR LA MÈRE DE LA MARIÉE.

Paroles de M. A. Morancé. — Musique de Paul Henrion.

La musique chez M. Colombier, 6, r. Vivienne

Air : *Votre cœur m'est fermé* (P. Henrion).
Ou : *Demoiselle et Grisette* (Marquerie).

Enfant, tu vas partir, quitter ta pauvre mère ;
Cédons sans murmurer à la commune loi !
A mon foyer, demain, ta place solitaire
Va pleurer ton absence et me parler de toi.
Enfant, tu vas partir, un autre te réclame ;
A l'autel qui t'attend, il faut te préparer...
C'est un grand jour pour toi, demain, tu seras dame !
Je suis heureuse, enfant *(bis)* ; mais laisse-moi pleurer,
    Mais laisse-moi pleurer !

Adieu de mon logis, la joie et la richesse,
Seize ans tu me donnas toute ton amitié ;
A l'époux de ton choix, consacre ta tendresse ;
Mais de ton cœur, au moins, garde-moi la moitié.
Ah ! d'un mari, jamais la tendresse jalouse,
A l'amour maternel ne peut se mesurer...
Une femme toujours est plus mère qu'épouse ;
    Je suis heureuse, enfant, etc.

Plus d'une fois, sans doute, espérance trompeuse,
Dans un demi-sommeil, j'attendrai le baiser
Que ta bouche au matin, caressante et joyeuse,
Sur le front maternel aimait à déposer !
Ne t'inquiète pas si ta mère soupire ;
De ta couronne blanche, enfant, va te parer !
A l'époux qui t'attend, va porter ton sourire...
Je suis heureuse, enfant *(bis)* ; mais laisse-moi pleurer,
    Mais laisse-moi pleurer !

Les Cadeaux d'Noce.

CHANSONNETTE.
POUR UN INVITÉ OU POUR UN GARÇON D'HONNEUR.
Paroles de M. Alexandre FLAN. — Musique de Paul HENRION.
La musique chez M. COLOMBIER, *6, rue Vivienne.*

Depuis c'matin j'galope,
J'en suis tout essouflé
L'beau papa m'a dit : tope !
C'est conv'nu, c'est bâclé !
J'épous'rai la p'tit' Lise,
Mais, afin d'en êtr' sur,
J'apporte à ma promise (*bis.*)
Les présents du futur.

Ah ! j'sis malin, j'sis précoce,
Et je m'ris des nigauds,
Jugez d'mes cadeaux d'noce,
Sont i ben, sont i beaux ?
Jugez d'mes cadeaux d'noce,
De mes jolis cadeaux !
Sont i ben ? sont i beaux ?

Je donne à mon épouse,
Malgré l'qu'en dira-t-on,
Une veste, une blouse
Et trois bonnets d'coton ;
S'meubler c'est une histoire,
Ça coût' cher, mais tant pis !
J'y donne un' belle armoire...
Pour serrer mes habits.
    Ah ! j'sis malin, etc.

J'y donne des toil's bises,
Alle en f'ra c'qu'a voudra...
Pourvu qu'a m'fass' des ch'mises
Et des cols longs comm'ça....

Puisqu'on dit qu'faut qu'je m'montre
Galant, tendre et coquet,
J'y donne un'belle gross' montre,
Pour mettr' dans mon gousset

    Ah! j'sis malin, etc.

Mon épous' me s'ra chère
Et j'veux, foi d'maraicher,
Qu'madame la maraichère
Puisse en grand s'afficher;
Afin qu'all'fass' figure
Dans l'beau mond' du pays,
J'y donne un'bell' voiture...
Pour aller vend' mes fruits.

    Ah! j'sis malin, etc.

La moral' de la chose
C'est qu'en fait d'conjungo.
Avec ou ben sans cause
L'fameux oui tomb' dans l'eau;
D'la façon dont j'avise
Si ça doit mal finir,
C'que j'donne à ma promise... (*bis.*)
Peut au moins me r'servir.

    Ah! j'sis malin, etc.

LE BONHEUR DU MÉNAGE

CHANSON POUR UN INVITÉ.

Paroles de MM. D'ENNERY et E. GRANGER.
Musique de M. A. ARTUS.
La musique à la Compagn'e musicale, 18, *rue Dauphine.*

Si d'une union parfaite
Vous souhaitez les attraits,
Ecoutez ma chansonnette,
Elle en donne les secrets.

Notre sexe aima sans cesse
A commander ici bas ;
Le mari, par politesse,
Doit donc lui céder le pas.

Le devoir, le voilà,
C'est le gage
D'un bon ménage :
Le bonheur, le voilà,
Retenez cett' leçon-là !
Tra, la, la, la, la, la, la, la.

Entre époux que l'on se garde
D' faire un partage inégal !
Au mari les billets d' garde,
A la femm' les billets d' bal.
Le dimanch', si l'on projette
De dîner sur le gazon,
La femm' porte une bell' toilette,
Le mari porte... un melon.

Le devoir, etc.

Vous tous que l'hymen engage,
Ayez toujours même avis ;
Rien n'est beau comme l'image
De deux époux bien unis.
C'est le vrai bonheur sur terre,
Croyez-moi, car je tiens ça
De feu ma bonne grand'mère,
Qui dans son temps divorça.

Le devoir, etc.

Cette chanson est extraite de la pièce : *Les Bohémiens*, drame en 5 actes de MM. D'Ennery et Granger, en vente à la *Librairie Théâtrale*, 12, boulevart Saint-Martin.
Prix : 50 centimes.

JE SERAI TOUJOURS LA

ROMANCE POUR LA MÈRE DE LA MARIÉE.

Paroles et Musique de Mme Amélie PERRONNET.

La musique chez M. PETIT, 50, *galerie Montpensier*
(Palais-Royal)

AIR : *La Rose des champs,* ou : *A genoux devant la beauté.*

Il faut nous séparer ma fille,
D'aujourd'hui tu n'es plus à moi,
Tu dois quitter, parents, famille,
Pour l'époux qui reçut ta foi ;
Ne pleure pas je t'en supplie
Sur toi le Seigneur veillera,
Pour toi constante et douce amie
Ta mère sera toujours là.   (*bis*).

Tu seras heureuse, j'espère,
Vous semblez vous aimer tous deux ;
Pourtant si quelque peine amère,
T'accablait d'un poids douloureux,
Aux jours de trouble, de souffrance,
Mon amour te consolera :
Pour te rendre un peu d'espérance,
Ta mère sera toujours là.   (*bis.*)

Un jour lorsque la mort perfide,
Fermera ma paupière, hélas !
Au foyer si ma place est vide
Enfant ne désespère pas,
Du haut des cieux comme sur terre,
Lorsque ta voix m'appellera,
Pour veiller sur ta vie entière,
Ta mère sera toujours là   (*bis.*)

LES TROIS RÊVES

ROMANCE POUR UNE DEMOISELLE D'HONNEUR.

Paroles de M. Louis CREVEL DE CHARLEMAGNE.

Musique de Camille DE VOS.

La musique chez M. CHALLIOT, 376, *rue Saint-Honoré*

AIR : *Tu n'as pas vu passer l'Amour* (Petit-Pierre).

Un soir, trois belles jeunes filles,
Claire, Marie et Fleur-des-Bois,
A l'ombre des vertes charmilles,
Ainsi causaient à demi-voix : ..
Je veux pour époux, disait Claire,
Un noble, un riche et grand seigneur;
Briller un jour, séduire et plaire :
Voilà mon rêve de bonheur !   *(bis.)*

Pour moi, dit la brune Marie,
L'éclat n'éblouit pas mes yeux;
Qu'importe au bonheur de la vie,
La gloire d'un titre pompeux !
Pourvu que de moi seule esclave,
Mon fiancé soit plein d'honneur;
Pourvu qu'il soit beau, jeune et brave,
Voilà mon rêve de bonheur   *(bis.)*

Mes sœurs, dit Fleur-des-Bois, la blonde,
Dans la splendeur et le plaisir,
Soyez heureuses en ce monde,
Moi, je ne forme qu'un désir :
Que l'époux choisi par ma mère,
De mon père ait le tendre cœur;
Voilà mon seul vœu sur la terre,
Voilà mon rêve de bonheur !   *(bis.)*

JE SUIS A TOI

ROMANCE POUR LE MARIÉ.

Paroles de M. ROUSSEAU DE LAGRAVE.
Musique de Edouard LAVEISSIÈRE.

La musique chez L. VIEILLOT, 32, rue N.-D.-de-Nazareth.

Je crois en toi, mon bien suprême,
Je crois en toi, pour mon bonheur.
Quand tu m'as dit ce mot : je t'aime!
J'ai cru mourir de tant d'ardeur;
O redis moi, je t'en conjure,
Ces mots si doux qui font ma loi?
Et pour jamais, je te le jure,
Je crois en toi, en toi, je crois en toi ! !

J'espère en toi ! en ta promesse,
Et m'abandonne à ton amour;
Un seul regard, une carresse
Feront briller plus d'un beau jour;
A t'aimer consacrant ma vie
Je veux te causer doux émoi,
C'est mon désir, ma seule envie.
J'espère en toi, en toi ! j'espère en toi ! !

Je suis à toi, à toi que j'aime,
A toi mon bien mes seuls amours.
Viens dans mes bras mon bien suprême
Oublions tout et pour toujours,
Que tes baisers que tes caresses
M'enivrent et ne soient qu'à moi,
J'attends l'effet de tes promesses,
Je suis à toi, à toi ! je suis à toi ! !

JE NE VEUX PAS
ME MARIER

CHANSON POUR UN INVITÉ.

Paroles de M. Marc Constantin.
Musique de M. Victor Parizot.

La musique à la Compagnie Musicale, 18, *rue Dauphine*

Je ne veux pas me marier,
Pourquoi m'enchaîner sur la terre ;
Au plus beau palais, je préfère
La liberté dans un grenier !
Prenez-vous une tendre épouse,
Bientôt elle devient jalouse,
C'est un démon dans la maison,
Qui n'entendra jamais raison !
Par hasard, est-elle coquette,
Pour faire admirer sa toilette,
Si la tête ou non vous fait mal,
Il vous faut la conduire au bal !

Aussi, non, non c'est inutile,
Et vous avez beau m'en prier,
Ah ! laissez-moi vivre tranquille,
Je ne veux pas me marier.

On dit qu'avant le oui fatal,
Sa douceur vous séduit, vous charme ;
Mais c'est un vrai petit gendarme
Trois jours après le conjugal !
Tantôt c'est un long cachemire
Tantôt, c'est un bracelet d'or
Qui vient ruiner votre trésor.
Enfin, pour ses moindres caprices,

Vous faites mille sacrifices,
Heureux, pour combler vos douleurs,
Si madame n'a ses vapeurs !
   Aussi, non, non, c'est inutile, etc.

Aimez-vous les bois et les prés ?
Votre femme aime mieux la ville !
Voulez-vous voir un vaudeville ?
Elle veut aller voir Duprez !
Avez-vous besoin de silence ?
La voilà qui chante et qui danse !
En vérité, cette gaîté,
Peut altérer votre santé !
Près d'une autre êtes-vous aimable !
C'est une scène épouvantable !
Elle jure de se venger,
Et pour vous c'est là le danger !
   Aussi, non, non, c'est inutile, etc.

Je ne veux pas me marier !...
Et pourtant, je sens dans mon âme
Brûler une divine flamme,
Que je voudrais sanctifier !
Si la femme est un peu coquette,
C'est pour faire notre conquête
Si son cœur est un peu léger,
Qu'il est doux de le corriger !
Est-elle jalouse à l'extrême ?
Cela prouve qu'elle vous aime !
Enfin, disons des vérités,
Ses défauts sont des qualités ...

Sur le bonheur du mariage,
On ne peut trop s'extasier,
C'est très-joli ! mais c'est dommage...
Je ne veux pas me marier.

LA FIANCÉE.

ROMANCE DRAMATIQUE.

Paroles de Mme Laure Jourdain.
Musique de M. Alfred Lair de Beauvais.

*La musique se trouve à Paris, chez MM. Lacoste,
éditeurs, 29, rue Neuve-des-Petits-Champs.*

L'heure approche où je dois l'attendre,
Ici bientôt il va se rendre;
Sur les fleurs s'endort le zéphir!
L'azur du ciel devient plus sombre,
Tout se tait... tout se perd dans l'ombre.
Le jour fuit... mais lui va venir!
Mon Dieu, seule ici, je vous prie,
Rappelez-lui tout mon amour;
Dites-lui bien que s'il m'oublie }
Mon cœur est flétri sans retour. } *bis.*

Déjà, je crois, l'heure est passée,
Et d'effroi mon âme est glacée,
Près de moi tout sommeille, hélas!
Je n'entends rien que le feuillage
Qui tremble au souffle de l'orage,
En vain, j'écoute... il ne vient pas!...
Mon Dieu, c'est vous seul que j'implore!
S'il faut de mon cœur le bannir,
Mon Dieu, je veux le voir encore, }
Le voir encore et puis mourir. } *bis.*

Ecoutons : une voix m'appelle...
C'est de sa voix l'écho fidèle,
Il vient... enfin, j'entends ses pas...
Oui, c'est lui... oh! bonheur extrême!
A moi seule, il dira : « je t'aime! »
Et déjà répète là-bas :

« A moi, ta couronne fleurie,
« Gage d'amour et de bonheur...
« A toi mon âme, à toi ma vie, } *bis.*
« Ma fiancée, à toi mon cœur ! »

LE MARIÉ

Paroles de M. Pierre FRÉDÉRIC. — Musique de M. E. BOURGEOIS.
La musique, chez M. TONDU, 24, *rue Bourbon-Villeneuve.*

Toi qui captivas ma tendresse,
Qui sus maîtriser mon amour,
Ta main vient combler mon ivresse,
Tu me promets plus d'un beau jour.
Je vais parler sans éloquence,
Mettre à tes pieds tout mon bonheur.
En te disant ce que je pense, } *(bis.)*
Je n'écouterai que mon cœur.

Te voyant si bonne et si sage,
Hélas il me fallait t'aimer.
Je ne rêvais que mariage,
Ta grâce avait su me charmer.
Merci cent fois ma douce amie,
Ton amour c'est pour moi les cieux ;
Femme en t'abandonnant ma vie,
Je vois s'accomplir tous mes vœux.

Si j'ai pour te faire une offrande
A leurs tiges laissé les fleurs,
C'est que pour faire une guirlande
Tu manquais à tes fraîches sœurs.
En t'épousant femme que j'aime
Tout favorise mes désirs,
Car dans tes bras mon bien suprême,
Les peines seront des plaisirs.

LA DOT DU BERGER RICHARD

CHANSONNETTE POUR UNE DEMOISELLE D'HONNEUR.
Paroles de M. Ch. DELANGE.— Musique de M. Paul HENRION.
La musique chez M. COLOMBIER, 6, rue Vivienne.

Le vieux berger Richard
Disait aux jeunes filles :
J'ai pour vous, mes gentilles,
Une dot à l'écart !
Je suis bon à connaître,
Et, sous mon pauvre toit,
Où dans l'hiver pénètre,
A son aise, le froid,
Qui sait ? je suis peut-être
Plus riche qu'on ne croit !
Car j'ai, dans mes cachettes,
Beaux écus et recettes,
Des recettes sans prix,
Pour trouver des maris !
Je possède des recettes,   (bis)
  Des recettes,
Pour vous donner des maris !

Je vous en fais l'aveu,
J'ai des économies !
On en fait, mes amies,
Même en gagnant bien peu !
Allez, dès le jeune âge,
En ne prodiguant rien,
Gagnant, avec courage,
Son pain quotidien,
On se forme au ménage,
Et l'on s'en trouve bien !
Si peu que l'on amasse,
Cela grossit la masse ;
C'est petit à petit,
Que l'oiseau fait son nid !
Or, un mari, sur la place,   (bis.)

Sur la place,
Ne se prend point à crédit !

Pour être simple en tout,
En est on moins jolie ?
Non ! la coquetterie
N'est pas preuve de goût !
Ne soyez pas coquettes,
Vous n'en serez que mieux ;
Prendre sur ses toilettes
Le pain des malheureux,
Voilà qui rend, fillettes,
Bien belle à tous les yeux !
Ni rubans ni ceintures,
Ni bijoux ni parures,
Ne valent le bonheur
Que vous donne un bon cœur !
Un mari soyez-en sûres,   (*bis.*)
      Soyez-en sûres,
Cherche surtout un bon cœur !

Le berger parlait d'or,
Et quoiqu'il n'en eût guère
Plus d'une ménagère
Lui devait un trésor.
Je ne sais pas la somme,
Cela manque au récit,
Que donnait le bon homme ;
Mais, enfin, l'on a dit
Qu'à venir sous son chaume,
On avait tout profit !
Aussi, dans son village,
Quand fille pauvre et sage
Se mettait en ménage,
On se disait, à part :
Elle apporte en mariage,   (*bis*)
      En mariage,
La dot du berger Richard !

ROSE-CLAIRE-MARIE

ROMANCE POUR UN BAPTÊME.

Paroles et musique de M. Gustave NADAUD.

La musique chez MM. HEUGEL et Cᵉ, 2 bis, rue Vivienne.

Dieu fait selon votre désir,
Puisque vous êtes mère ;
Quel nom pourrez vous donc choisir
Pour cette fille chère ?
Regardez son œil velouté,
Sa bouche demi close ;
Pour lui prédire la beauté,
Si vous la nommiez Rose ?

Mais la beauté, vous le savez,
C'est le bien périssable ;
Vous voulez des cœurs éprouvés,
La douceur immuable :
C'est encore une autre beauté
Par laquelle on sait plaire ;
Pour lui prédire la bonté,
Si vous la nommiez Claire ?

Il est encore un nom plus doux
Que j'ose à peine dire,
Car je sens trop, auprès de vous,
Le parfum qu'il respire :
C'est le baume consolateur
De l'âme endolorie ;
C'est la vertu, c'est la pudeur :
Appelez-là Marie !

Ou plutôt, prenez ces trois noms
Et mettez-les ensemble ;
Qu'ils soient comme les trois chaînons
Dont le nœud vous rassemble

De la fille que vous aimez,
Soyez mère chérie,
Car, comme elle, vous vous nommez:
Rose-Claire-Marie.

UNE INVITÉE

Paroles de M. Pierre FRÉDÉRIC — Musique de M. E. BOURGEOIS.
La musique chez M. TONDU , 24, *rue Bourbon-Villeneuve.*

Pour tout il faut faire une école,
Où l'on apprend à ses dépends,
Filles, écoutez ma parole,
Et votre cœur sera content.
Un jour il faut que l'on s'engage,
Que l'on souscrive au mariage.
Pour rendre mon mari parfait,
Écoutez bien ce que j'ai fait.   } *(bis).*

De dominer il avait la folie.
Monsieur se plaisait à bouder.
A ses goûts à maintes manies,
En tout point il fallut céder.
Mais un beau jour je fis tapage,
Je cassai tout dans le ménage ;
Pour rendre mon mari parfait,
Filles, voilà ce que j'ai fait.

Je sus captiver sa tendresse,
Je le vis combler mes désirs.
Et profitant de sa faiblesse,
Je lui procurai des plaisirs.
Maintenant par une parole
De mon mari je suis l'idole,
Pour rendre mon mari parfait,
Filles, voilà ce que j'ai fait.

LA COURONNE VIRGINALE

POUR LA MARIÉE.

Paroles et musique de Mme Amélie PERRONNET.

*La musique chez M. PETIT, 50, galerie Montpensier,
Palais-Royal.*

Jour heureux de l'hyménée
Tu luis enfin pour moi,
Chaîne douce et fortunée
Je suivrai ta loi ;
La blanche couronne
Dont mon front rayonne
Sait charmer les yeux
Et cette parure
Si fraîche et si pure. *(bis)*
Prête un attrait gracieux ;
Le jour où l'on se marie
Est le plus beau de la vie
Et son virginal atour.
Parure nouvelle
Sait vous rendre belle } *(bis)*
Au moins pour un jour.

On nous dit que l'existence
Est pleine d'affreux tourments,
Mais ce jour n'est qu'espérance
Et doux sentiments ;
L'âme confiante
S'émeut et s'enchante
Au mot avenir ;
L'amour nous entraîne
Si c'est une chaîne *(bis)*
De fleurs on sait la couvrir ;
Le jour où l'on se marie
Est le plus beau de la vie

Et semble toujours trop court.
    La plus sérieuse
    Peut se croire heureuse } (*bis*).
    Au moins pour un jour.

On dit que le mariage
De l'amour est le tombeau,
Que l'époux devient volage
    O triste tableau.
    Faut-il donc le croire,
    Perdant la mémoire
    D'un serment si doux ;
    Le cœur se dégage
    O cruelle image (*bis*).
Fuyez, fuyez loin de nous
Le jour où l'on se marie
On peut se croire chérie,
L'époux qu'on prend par amour
    Sans être un modèle
    Peut être fidèle } (*bis*).
    Et pour plus d'un jour.

LE GARÇON D'HONNEUR

SCÈNE COMIQUE

Paroles de M. Pierre Frédéric.—Musique de M. E. Bourgeois.
La musique chez M. Tondu, 24, *rue Bourbon-Villeneuve.*

    Jarni gué, queu' chance,
    J'ons t'y du bonheur !
    J'en ris quand j'y pense,
    J'suis garçon d'honneur.

C'est qu'voyez-vous pour ma malice,
On parle d'moi dans l's environs,
A tous les r'pas d'noc' je m'glisse,
Et là j'fais la niqu' aux garçons.

— 27 —

(*Parlé*). Aussi drès qu'j'entre quéu qu'part avec mon chapeau sur l'oreille, men pouce dans l'poque d'mon gilet, que j'lance men coup d'œil provocateur, ils sont tous enfoncés, aussi :

> Jarni gué, etc.

> J'suis très fort sur la gormandise,
> Mon appétit ne r'bute sur rien,
> On jase d'moi, quoi qu'on en dise,
> C'est un défaut qui n'fait qu'du bien.

(*Parlé*). Car j'suis si spirituel, qu'on m'invite partout, et pour tout et je n'vous l'cache pas ; mes braves gens du bon Dieu, si j'suis si grassouillet c'n'est pas d'lécher les murs, oh !

> Jarni gué, etc.

> Dans un r'pas d'noce quand on veut rire,
> D'dix lieues la ronde on vient m'trouver,
> C'est ben gentil mais j'vas vous dire,
> Un d'ces jours j'crains de m'voir enl'ver.

(*Parlé*). Dam' écoutez donc ? — je n'suis pas trop rassuré, car figurez-vous qu'pour la noce au grand Maillochon j'avais été choisi pour garçon d'honneur ; je leur ai fait une farce indigne après le r'pas, y a eu bal chez l'Endormi à la Puce Merveilleuse, si ben qu'pendant qu'tout le monde était entrain de d'danser, j'vous ai j'té une livre d'poivre dans la salle de bal, et les v'là qui se sont mis à éternuer, à moucher, à pleurer, qu'c'était à mourir de rire ; croyez-vous qu'en v'là une de farce, j'les fais qu' comme ça moi ; aussi t'nez vous ben, je n'vous dis qu'ça !

> Jarni gué, queu' chance,
> J'ons t'y du bonheur !
> J'en ris quand j'y pense,
> J' suis garçon d'honneur.

N-I-NI C'EST FINI

Adieux à la vie de Garçon.

CHANSON POUR UN INVITÉ.

Paroles de M. Lambert THIBOUST.
Musique de Sylvain MANGEANT.
La musique chez MM. E. GÉRARD et Cie, 18, r. Dauphine.

N-i-ni c'est fini
Je veux être un mari modèle,
N-i-ni aujourd'hui
Je ne suis plus votre bibi !

Adieu Rose, Clarisse, Adèle,
Berthe, Coralie et Flora,
Charlott', Fifin', et cœtera.
Vous me juriez flamme éternelle,
Que vous m'avez fait de serments
Dans les cabinets d'restaurants.
D'vant les garçons ils n'comptaient point,
Pour que ça compt' faut un adjoint.
    N-i-ni, etc.

Votre amour souvent infidèle
Voyage de l'Ouest à l'Est,
Quittant Paul et prenant Ernest.
Il fallait je me le rappelle,
Passer sur mes prédécesseurs
En attendant mes successeurs.
Si Cupidon a quelque fleurs
L'hymen seul possèd' des primeurs !
    N-i-ni, etc.

J'ai brûlé ces lettres divines,
Dans lesquelles en m'appelant :
« Mon gros bébé, mon p'tit chien blanc. »
Vous me demandiez des bottines,

Des bottines de dix-huit francs...
Au feu tous ces poulets charmants,
Ecrits trop souvent par malheur,
Avec l'orthographe... du cœur !
    N-i-ni. etc,

Sous vos fenêtres, immobile,
Pour quelque rival éconduit,
Que de fois j'ai passé la nuit,
Seul... avec les sergents de ville
Qui me prenaient pour un filou,
A l'heure où les chats font miaou.
Je suis marié, quel plaisir !
Enfin je vais pouvoir dormir.
    N-i-ni, etc,

Cette chanson est extraite du Passé de Nichette, vaudeville en un acte de M. Lambert Thiboust, en vente chez MM. Michel Lévy frères, 2 bis, rue Vivienne. Prix : 60 cent.

LA FIANCÉE.

MÉLODIE.

Paroles de M. A. Nettement. — Musique de J.-B. Wekerlin.

La musique se trouve chez MM. Heugel et Cie, éditeurs, 2 bis, rue Vivienne.

Ah ! quel beau jour, qu'un jour de mariage !
Demain, demain, pour moi ce jour se lèvera !
Essayons-nous comme une fille sage !...
L'autel est prêt... me voici... le voilà !..
Des épousés le saint voile nous couvre...
Il a promis... je promets à mon tour ;
Puis vient le soir, hâtez-vous ! le bal s'ouvre ;
Couronnez-moi des dons de son amour !...

Mais hélas! j'y pense à présent,
Il dit m'aimer d'amour sincère...
M'aimera-t-il jamais autant,
Autant que toi, ma bonne mère,
Qui m'aimes tant, qui m'aimes tant, qui m'aimes tant?

A ce penser je sens couler mes larmes;...
Adieu, ma mère, ah! que j'ai peur... j'ai peur, mon Dieu!
De ce bonheur qui déjà plein d'alarmes,
Doit commencer demain par un adieu... .
Adieu, mes sœurs,... adieu maison chérie,
Où nos beaux jours coulaient, loin des hasards,
Comme là-bas, dans la verte prairie,
Ce frais ruisseau qui se cache aux regards!...
Mon bon ange, tu vois mon tourment!
Dis-moi, son cœur est-il sincère?
M'aimera-t-il jamais autant,
Autant que cette bonne mère,
Qui m'aime tant, qui m'aime tant, qui m'aime tant?

Pourquoi douter? sa parole est si douce,
Quand plein d'amour il murmure mon nom, mon nom!
Son œil si pur... Oh! mon âme repousse
Ce noir tourment qu'on nomme le soupçon.
« Bel ange à qui Dieu confia mon âme,
» S'il doit un jour faillir à mon espoir,
» Emporte-moi sur ton aile de flamme,
» Que pour jamais je m'endorme ce soir!... »
Oh! non, non, j'en crois son doux serment :
Il m'aimera d'amour sincère!
Et bientôt comme un autre enfant,
Il aimera ma bonne mère,
Qui m'aime tant, qui m'aime tant, qui m'aime tant?...

—▷◁—

COUPLETS CHANTÉS PAR UN MARIÉ

Le jour de ses Noces.

Paroles de M. VERGERON. — Musique de V.-Gustave LEFÈVRE.
La musique chez M. TONDU, 24, rue Bourbon-Villeneuve.

Ma charmante petite femme,
Je t'engage aujourd'hui ma foi :
Ah ! je te jure sur mon âme,
Je ne veux vivre que pour toi !
A ton amour je puis prétendre
Mon sort fera bien des jaloux ;
Crois-moi, je serai le plus tendre
Le plus dévoué des époux.
Amis, selon le vieil usage,
Pour célébrer mon mariage
A pleine voix, chantons en chœur :
Mon union et mon bonheur.

Je veux que notre bon ménage
Dans ce beau canton soit cité ;
Je veux que tout le voisinage
Vante notre félicité.
J'en fais serment : celle que j'aime
Verra s'accomplir tous ses vœux
Époux, c'est le meilleur système
C'est le vrai moyen d'être heureux.
Amis, selon, etc.

Je sens une divine flamme
Rayonner au fond de mon cœur
Et vient illuminer mon âme
C'est un présage de bonheur !
Un jour viendra bientôt j'espère
Où, j'irai tous vous prévenir
Que d'un enfant, Dieu m'a fait père
Pour égayer mon avenir,

Amis, selon le vieil usage,
Pour célébrer mon mariage
A pleine voix, chantons en chœur :
Mon union et mon bonheur.

PLAISIR DE GARÇON.

CHANSON POUR UN INVITÉ OU UN GARÇON D'HONNEUR.

Paroles de M. Étienne Tréfeu. — Musique de Louis Abadie.
La musique chez L. Vieillot, 32, rue N.-D.-de-Nazareth.

Air : *Je loge au quatrième étage,* ou : *A genoux devant la beauté*

Je suis garçon célibataire,
Et je m'en vante en plein soleil
Si le bonheur est sur la terre
Vraiment mon sort est sans pareil :
Ma vie à moi n'est qu'une fête,
Rien n'obscurcit mon horizon,
A part les jours où je m'embête,
Ah ! quel plaisir *(ter)* d'être garçon !   *(bis.)*

Loin des méchants et des despotes,
Quand j'ai franchi mon escalier,
Je puis, en paix brûler mes bottes
Ou bien briser mon mobilier.
Là, sans obstacle et sans critique,
Je suis le maître à la maison !
J'y suis aussi mon domestique.

  Ah ! quel plaisir, etc.

C'est moi qui couds quand je m'habille
Et mes boutons et mes accrocs,
Ou bien je casse mon aiguille,
Ou bien j'ai pris du fil trop gros ;

Mais c'est solide et magnifique
De patience et de façon !
Le malheur est que je me pique,

    Ah ! quel plaisir, etc.

J'ai le défaut d'être sensible ;
Les amoureux vraiment sont fous !
Ou je m'éprends d'une inflexible,
Ou je suis pris par un jaloux.
Du haut d'un toit mes propres fautes,
M'ont fait sauter cette saison ;
Ça m'a coûté déjà trois côtes.

    Ah ! quel plaisir, etc.

Au casque à mèche, à la flanelle,
A ces bouillons de tout instant,
Si j'ai voué haine éternelle,
Je n'en suis pas moins bien portant.
Et si la fièvre enfin m'empoigne,
Alors, quels soins ! quelle boisson !
C'est mon concierge qui me soigne.

    Ah ! quel plaisir, etc.

Douce moitié, grognant sans cesse.
Marmots charmants... piaillants toujours,
Avec la dot d'une princesse,
Ne m'ont jamais séduit huit jours.
J'aurais pu faire en quelque sorte,
Vingt mariages de raison :
On m'a partout mis à la porte,
Ah ! quel plaisir d'être garçon !
Ah ! quel plaisir *(ter)* d'être garçon !　*(bis.)*

LE VERBE AIMER.

ROMANCE POUR UNE DEMOISELLE D'HONNEUR.
Paroles de M. CONSTANTIN. — Musique de M. P. CHÉRET
La musique chez MM. HEUGEL et Cie, 2 *bis, rue Vivienne.*

J'AIME la voix fraîche et jolie
De l'oiseau qui fuit dans les bois ;
J'AIMAIS, de ma mère chérie.
Tendres caresses d'autrefois !
Oh ! J'AIMERAIS du fond de l'âme,
Un ange qui viendrait à moi
Me dire : donne-moi ta foi.
Je veux T'AIMER d'ardente flamme !
Aimons, AIMONS, c'est le bonheur, } *bis.*
Dieu pour AIMER nous fit un cœur !

Sur le front pur de mon amante,
J'AIMAI la fleur de l'oranger,
Quand, près de moi, son âme AIMANTE
Trahit un trouble passager !
AIMANT la brise parfumée
Et le mystère des forêts,
Avec ivresse, oh ! J'AIMERAIS
Y deviner ma bien AIMÉE !
Aimons, AIMONS, c'est le bonheur, } *bis.*
Dieu pour AIMER nous fit un cœur !

J'AVAIS AIMÉ, triste pensée,
Une beauté qui me charma ;
C'était une flamme insensée,
Car jamais son cœur ne M'AIMA !
Oh! N'AIMEZ pas ! car dans la vie
L'amour se rit de vos douleurs,
Et l'orage flétrit les fleurs
Qu'on AIME à voir dans la prairie !
Dieu pour AIMER nous fit un cœur, } *bis.*
Mais quand on AIME, adieu bonheur !

PRÈS D'UN BERCEAU.

ROMANCE POUR UN BAPTÊME.

Paroles de M. A. NETTEMENT.— Musique de M. Hip. LOUEL.

La musique se trouve chez MM. HEUGEL *et* Cᵉ, *éditeurs,*
2 bis, rue Vivienne.

Comme un pécheur quand l'aube est près d'éclore,
Court épier le réveil de l'aurore.
Pour lire au ciel l'espoir d'un jour serein,
Ta mère, enfant, rêve à ton beau destin.
Ange des cieux que seras-tu sur terre ?
Homme de paix, ou bien homme de guerre ?
Prêtre à l'autel, beau cavalier au bal ?
Brillant poète, orateur, général ?
   En attendant, sur mes genoux,
   Ange aux yeux bleus, endormez-vous. } (*bis*).

Son œil le dit, il est né pour la guerre,
De ses lauriers comme je serai fière :
Il est soldat... le voilà général ;
Il court, il vole, il devient maréchal.
Le voyez-vous au sein de la bataille,
Le front radieux traverser la mitraille ?
L'ennemi fuit, tout cède à sa valeur :
Sonnez, clairons ! car mon fils est vainqueur !
   En attendant, sur mes genoux,
   Beau général, endormez-vous.

Mais non, mon fils ! ta mère en ses alarmes,
Craindrait pour toi le jeu sanglant des armes.
Coule plutôt tes jours dans le saint lieu,
Loin des périls, sous les regards de Dieu.
Sois cette lampe à l'autel allumée,
De la prière, haleine parfumée ;

Soit cet encens qu'offre le séraphin
A l'Eternel avec l'hymne divin !
   En attendant, sur mes genoux,
   Mon beau lévite, endormez-vous.

Pardon, mon Dieu ! dans ma folle tendresse
J'ai de vos lois méconnu la sagesse :
Si j'ai pêché, n'en punissez que moi ;
J'ai seule, en vous, Seigneur, manqué de foi.
Près d'un berceau le rêve d'une mère
Devrait toujours n'être qu'une prière :
Daignez, mon Dieu, choisir pour mon enfant ;
Vous voyez mieux, et vous l'aimez autant.
   Et toi, mon ange, aux yeux si doux,   }
   Repose en paix sur mes genoux.   } *(bis)*.

LA DEMOISELLE D'HONNEUR

Paroles de M. Pierre FRÉDÉRIC.
Musique de M. E. BOURGEOIS.

La musique chez M. TONDU, 46, rue Bourbon-Villeneuve

L'amitié préside à vos nœuds
Et rend votre amitié sincère,
Dans ses bras on est plus heureux,
Que dans ceux de l'amour son frère.
Jamais à cet enfant gâté,
On ne vit aimer la constance,
Sa sœur par son égalité,
Nous fait chérir notre existence. } *(bis.)*

Ayant tous deux les mêmes goûts
Charmant sera votre ménage,
Le plus aimable des époux
Méritait une femme sage,
Si la vertu guida tes pas
Si d'amour tu sus te défendre,
Ma chère amie non tu n'as pas
Comme on dit perdu pour attendre.

Ce n'est pas à nos passions
A fixer notre destinée,
L'amour et ses illusions
S'éclipsent devant l'hyménée,
Un esprit droit un fort bon cœur
Une âme prévenante et pure,
A jamais font notre bonheur
Et de vous deux c'est la peinture.

NE GRANDIS PAS !

ROMANCE POUR UN BAPTÊME

Paroles de Mme J. LESPINASSE. — Musique de M. F. MICHEL.

La musique à la Compagnie Musicale, 18. r. Dauphine.

Tu grandiras, ô ma fille adorée,
Ton cœur un jour sous ta main frémira,
Et la nature et nouvelle et parée,
Comme une fleur à tes yeux s'ouvrira.
Ne grandis pas ! garde ton innocence,
Ton âge, enfant, ne connaît pas d'ingrat,
    Ne connaît pas d'ingrat ;
Si quelques pleurs attristent ton enfance,
Pour les sécher, un baiser suffira,
Pour les sécher (*bis*) un baiser suffira !

Tu grandiras, et donneras ton âme,
Pour un regard, pour un seul mot d'amour !
Oubliant tout, et croyant, pauvre femme,
Que ton bonheur doit durer plus d'un jour.

    Ne grandis pas, etc.

Tu grandiras, mais déjà ta jeunesse
Aura passé, cher et funeste don ;
Tu reviendras, le cœur plein de tristesse,
Auprès de moi pleurer ton abandon.
Ne grandis pas ! garde ton innocence,
Ton âge. enfant, ne connaît pas d'ingrat,
    Ne connaît pas d'ingrat ;
Si quelques pleurs attristent ton enfance,
Pour les sécher un baiser suffira,
Pour les sécher (*bis*) un baiser suffira !

C'EST TOI

ROMANCE POUR UN NOUVEAU MARIÉ

Paroles de M. A. CATELIN. — Musique de M. Étienne ARNAUD.

*La musique se trouve chez M. MEISSONNIER fils,
éditeur, 18, rue Dauphine, à Paris.*

Ce qu'il me faut à moi, pour que mon triste cœur
Renaisse à l'espérance et reprenne courage,
C'est le bois frémissant et son paisible ombrage,
    Où l'on rêve au bonheur   (*bis.*)
Pour entrevoir l'azur dans mon ciel noir d'orage : (*bis.*)
    Ce qu'il me faut à moi, c'est toi !   (*bis.*)
    C'est toi ! (*bis*) ah ! c'est toi !

Ce qu'il me faut à moi, quand la brise du soir
Caresse avec amour les fleurs de la vallée,
Quand je t'appelle en vain de ma voix désolée
    Comme un rayon d'espoir !   (*bis.*)
Pour ranimer en moi la croyance envolée :   (*bis.*)
    Ce qu'il me faut à moi, etc.

Ce qu'il me faut à moi, qui n'ai plus dans mon cœur
Qu'un morne désespoir qui dessèche ma vie,
C'est un doux mot d'amour à mon âme ravie,
    C'est un peu de bonheur !   (*bis.*)
Pour donner à mon cœur ce bonheur qu'il envie (*bis*)
    Ce qu'il me faut à moi, c'est toi !   (*bis.*)
    C'est toi ! (*bis*) ah ! c'est toi ! oui, c'est toi !

UN INVITÉ

Paroles de M. Pierre FRÉDÉRIC, musique de M. E. BOURGEOIS.

La musique chez M. TONDU, 46, *rue Bourbon-Villeneuve.*

Allons, amis, plus de tristesse,
Vive le vin et les chansons,
A la gaîté que l'on renaisse,
Fêtons l'hymen par des flons flons.   *(bis)*.
Pour une fête aussi chère
Joyeux amis choquons le verre
Et l'amitié le remplira,
Les amis sont toujours là. *(bis)*.

Chers amis lorqu'on se marie,
On doit dire : allons y gaîment,
Souvent prendre femme jolie,
Il vous arrive un accident ;
Car pour être heureux en ménage,
Il faut près d'une femme sage,
Du courage et surtout de ça,

      (Montrant son cœur.)

Ou bien alors garre à cela.

      (Il fait les cornes)

De sa femme admirant les charmes,
Être disciple de la paix,
Du malheureux sécher les larmes,
C'est le devoir d'un bon français ;
A ses enfants pour héritage,
Laisser bon cœur et du courage,
Et rira de vous qui voudra,
Nous devons tous finir par là.

LA BAGUE DE MA MÈRE

ROMANCE POUR LE MARIÉ.

Paroles de M. A. Desrameaux, musique de M. A. Marquerie.

La musique chez MM. Heugel et Cᵉ, 2 bis, *rue Vivienne.*

Prends l'anneau que je te donne
Pour que nos cœurs soient liés,
Si j'avais une couronne.
Je la mettrais à tes pieds;
Mais, hélas! je n'ai rien ma chère,
Rien que je révère plus !
C'est la bague de ma mère,   } *bis.*
De ma mère qui n'est plus ! }

Elle n'est plus! mais son âme
Soigneuse de mon bonheur,
Porte de ma vive flamme,
Chaque reflet dans ton cœur.
Ma douleur est moins amère,
Et tes modestes vertus
Me font rêver à ma mère,   } *bis.*
A ma mère qui n'est plus ! }

Prends cet anneau qui m'engage :
Demain, au pied des autels,
Il va devenir le gage
De nos serments solennels.
Demain notre amour sincère,
Dans le séjour des élus,
Sera béni par ma mère,   } *bis,*
Par ma mère qui n'est plus ! }

ENFANT

Air : *De la Folle* (d'Albert Grisar.)

Ton printemps est passé; comme il s'est enfui vite !
Je m'en souviens encor, pourtant il est bien loin :
Tu n'étais pas alors si belle; mais petite,
Plus fraîche que la fleur qu'on protège avec soin.
En boucles tes cheveux ombrageaient ton visage
Et, souples, retombaient sur ton col frais et blanc.
Oh ! par le souvenir ressaisissons cet âge.
Laisse-moi t'appeler comme autrefois enfant.

Seize ans ! combien ce temps est doux à la pensée !
Pour tout bien on envie un baiser maternel,
L'aurore de la vie encor n'est point passée,
On est pure, on est blanche ainsi qu'un ange au ciel :
On aime avec amour les fleurs, l'herbe et la mousse,
On aime l'eau qui chante et le caillou luisant ;
Tout est émotion alors. D'une voix douce
Laisse-moi t'appeler comme autrefois enfant.

Mais que dis-je ! à présent dans ton âme candide
Comme en un cristal pur se réfléchit le jour ;
Ta joue est fraîche encor, ton visage est sans ride,
Le rire est sur ta lèvre et dans ton cœur l'amour.
Un chant harmonieux toujours en toi résonne,
Et je t'ai vue un jour trembler au nom d'amant.
Oh ! qui pourrait, dis-moi, profaner ta couronne ?
Laisse-moi t'appeler comme autrefois enfant.

Sur cette terre, hélas ! il n'est rien qui demeure,
Pas une fleur aux champs, pas un nuage au ciel,
Pas une feuille au bois ; comme l'heure après l'heure,
S'écoule notre vie, et rien n'est éternel ;
Rien !... Mais l'amour, vois-tu, survit avec notre âme,
Quand viendra la vieillesse avec son doigt pesant,
Notre cœur sera jeune encor, ô douce femme !
Et je t'appellerai comme autrefois enfant.

LE PARRAIN

SCÈNE COMIQUE NORMANDE

Paroles de M. Ch. LETELLIER, musique de M. A. MARQUERIE.

La musique ce trouve chez L. VIEILLOT, éditeur,
52, rue Notre-Dame-de-Nazareth.

Queu bonheur!...
Pour man cœur!...
Hiar, j'ai servi de parrain;
J'ai nommé,
L'nouveau né
D'PÉLAGIE dont j'sis l'cousin;
J'sis parrain, j'sis parrain, j'sis parrain, j'sis parrain!...

Y faut dir' que PÉLAGIE
Est la fill' de ma tant' CHUQUIÈT
C'qui fait que par *génalogie.*
Je m'trouv' être san cousin tout drail,
Comme alle était gentille
Autr'fois, dans la famille,
J'avais voulu m'glisser,
Mais j'm'étais vu r'fuser,
N'ayant point de c'qui sonne,
Ma tant' m'dit, en parsonne,
Qu'j'avais pas assez d'quoi :
Pour mettre un' femm' cheux moi.

Parlé. — J' n'avais rien à offrir qu' mon amour... ma tante n'a pas trouvé qu'c'était assez; et d'peur d'accident, trois mo's après, sa fille s'ppelait mame Ledoux... Qrand j'ai vu cha... j'ai changé man fusil d'epaole... aujourd'hui, j'sis l'ami d'la maison... M'sieu Ledoux, Mame Ledoux et pis moi, c'est la trinité : je n'fesons qu'un... Aussi quand l'marmot est venu au monde, j'ai été choisi d'emblée pour le parrain... J'avais ber envie de r'fuser... à caause qu'c'est coûteux... mais, j'ai accepté par amour propre, et pis, parce que j'ai invité d'être marraine... la meunière... eune petite veuve qui m' covient, et à qui qu'je n'déplais pas!... ma parole!...

Queu bonheur! pour man, etc

Je m'étais fait friser la tête
Par le frater qui coëff' si bien,
J'avais mis mes grands habits d'fête
Sans mentir y n'me manquait rien ;
D'son côté ma commère
N'était pas la moins fière,
Alle avait mis des gants,
Un bouquet, des rubans.
Un bonnet plein d'dentelle,
  Un' rob' de soi' nouvelle
  Enfin j'étions tous deux
  Des objets marveilleux.

(Parlé) — J'étiommes comme deux souleils !... la société en avait
des éblouissances !... quand tout a été prêt pour l' départ j'ai été
prendre, avec la sage-femme, le p'tit à l'accouchée... en v'la un
gros joufflu !... il a ben envie d' vivre, allez, ce p'tit là, car il a tout
jours le bec ouvert !... En buvant du lait d' sa mère, il f'sait la gri-
mace, c' pauv' chérubin !... en buvant du cidr' ! un peu moins !...
Eh, v'la t-y pas que j'y ai donné du vin !... oh !... mais alors, fallait
voir queu figure qu'y faisait !... Il vous avait des p'tites joues comme
des p'tites pommes d'api j'y ai dit : pis qu' ça t' fait plaisi, bois tou-
jou, mon bonhomme !... Alors j' sommes partis !... la marraine m'
crochait, la sage-femme suivait, et pis après, y avait la femme à
Mulot !... la commère Marie ; les deux filles aux Toussaint, et pis le
p'tit Précheux qu'à l'esprit tout d'travers et les jambes idem... en
arrivant sous l'porche les cloches ont sonné... le gros François a
tiré des coups d'fusil ; et pis, tous les gamins qu'avaient suivi ont
crié : la marraine, des bonbons !!! J'avais fait les choses dans l'
grand... j' leux y ai jeté en l'air une livre d' dragées, avec des liard
et des p'tites fêves blanches que j'avais mis d'dans pour faire pu
d'étente... ça a fait un effet !... Ah !..., y s' bousculaient tous pour
en n' n'avoir... après ça, je sommes entrés... l' curé est venu, il a
fait s' n'affaire... et pis, en r'sortant, j'ai rejeté encore un coffin,
d' bonbons, d' sorte que tout l' monde, qu'était content d' maj, s'est
mis à crier : Vive le Parrain !... Vive la Marraine !...

    Queu bonheur ! pour man, etc.

    Après cette cérémonie
J'sommes rentrés chez l'pèr' de l'enfant.
  La table était déjà sarvie
  Nous nous asseim's en arrivant !..
    A m' drait' j'mis la marraine,
    A m'gauch' la p'tit' BASTIENNE,

était L'ᴅᴏᴜx qui sarvait
Tout c'que l'on apportait ;
Mais c'qui n'est pas croyable,
C'est c'qu'a paru sus table !
J'avons, depuis midi,
Mangé, jusqu'à minuit !

Parlé.)—Douze heures d'horloge, quoi !...Tout l' tour du cadran !... En v'là d' la boustifaille !... mais, j'ai mangé d' tout !.. j'ai bu d'tout !.. j' m'en sis tant fourré que l' ventr' m'en craquait !.. Et ma commère, donc !.. j'y avais soigné son verre.. elle était gaie comme un pinson !.. a riait toujours !.. all' me flanquait des tapes et des coups de poing.. oh !.. j'sis ben sûr qu'alle m'aime celle-là !.. mais c' qui nous a le pus amusé, c'est l' petit Précheux.. J'y ai fait eune farce indeigne !.. On avait servi d's'artichauts et d's'asparges... y n' n'avait jamais goûté... j'l'ai fait sarvir l' premier... a-t-y pas mangé l's'artichauts par le vert de la feuille !.. y tirait la-d'ssus comme un âne !.. Pouah !.. qu'il a fait, c'est pas bon !.. j'y ai dit : mais, bêton !.. c'est par l'blanc !.. alors j'y ai fait passer d's'asparges v'la l'plus drôle !.., comme il avait mangé l's'artichauts par l' vert y s'est mis à manger l' s'asparges par l' blanc... j'avons pu ri... Mais, c' qu'il est vrai de dire, c'est qu' mon oncle Chuquiet avait bien fait les choses, il avait fait v'nir des musiciens qu'ont joué pendant tout le r'pas. Y avait un m'sieu qu'avait des pincettes en cuivre, qu'il avalait et désavalait... et pis un aut' grand sec... y m' semble encore l' voir, je n' sais pas c'qui f'sait, mais il avait une grande armoire qui sciait par l' mitan... ah !.. sapristi !.. c' baptême là m'a coûté gros... mais, j' m'en sis ben donné pour m' n'argent !...

Queu bonheur !...
Pour man cœur !...
Hiar, j'ai sarvi de parrain ;
J'ai nommé,
L' nouveau né
D' Pᴇ́ʟᴀɢɪᴇ dont j' sis l' cousin ;
J' sis parrain, j' sis parrain, j' sis parrain, j' sis parrain !

UN CŒUR
DE JEUNE FILLE

POUR LA MARIÉE.

Paroles de M. Louis CREVEL DE CHARLEMAGNE,
Musique de M. Joseph VIMEUX.

La musique se trouve, à Paris, chez M. COLOMBIER,
éditeur, 6, rue Vivienne.

J'aime à rêver sous les bosquets en fleur,
J'aime l'émail, le parfum des campagnes,
Les bleus ruisseaux, l'air si pur des montagnes,
Et des vallons le calme et la fraîcheur.

    Mais l'objet qui séduit mon âme,
    L'objet qui l'enivre et l'enflamme,
    L'objet qui seul est tout pour moi,
    C'est toi, toujours toi, rien que toi !

J'aime les chants du rossignol joyeux,
Le bruit des flots, du roseau qui soupire,
L'hymne du soir de tout ce qui respire,
Et les accords du luth harmonieux.
    Mais l'objet, etc.

J'aime des arts le prestige enchanteur,
J'aime la gloire et l'éclat du génie,
Et le doux nom de ma belle patrie,
D'un noble orgueil fait palpiter mon cœur.

    Mais l'objet qui séduit mon âme,
    L'objet qui l'enivre et l'enflamme,
    L'objet qui seul est tout pour moi,
    C'est toi, toujours toi, rien que toi !

LA COURONNE DE LA FIANCÉE

ROMANCE POUR LA MARIÉE

Paroles de M. E. Héreau. — Musique d'Auguste Andrade.

La musique se trouve à Paris, chez **M. Brullé,** *éditeur*
10, *rue Villedo.*

Des fleurs qui forment ta couronne
Conserve surtout la blancheur!
Que l'époux que le Ciel te donne,
Demain la trouve en sa fraîcheur
Demain, demain, la trouve en sa fraîcheur.

Ce fut ainsi que me parla ma mère;
Et cependant, ce matin, Monseigneur
M'offrit le choix des fleurs de son parterre.
J'ai répondu refusant tant d'honneur :
Des fleurs qui forment ma couronne
Je dois conserver la blancheur
Et l'époux que le Ciel me donne
Demain l'aura dans sa fraîcheur
Demain, demain, l'aura dans sa fraîcheur. (*bis.*

Et cependant, saisissant une rose
A ma couronne il voulait l'attacher;
Déjà sa main sur la mienne se pose.
Mais, l'arrêtant, je dis sans me fâcher :
Des fleurs etc.

Et cependant cette rose était belle;
S'il n'eut voulu qu'en parer mon corset,
Peut-être alors... que dis-tu, pauvre Estelle?...
Ah! si ta mère ou Lubin t'entendait!...
Des fleurs qui forment ta couronne
Conserve surtout la blancheur
Que l'époux que le Ciel te donne,
Demain la trouve en sa fraîcheur.
Demain, demain, la trouve en sa fraîcheur.

TABLE

9 782014 057737